cuando los Cerdos Vuelen

Historia de Valerie Coulman

Ilustraciones de Rogé

unaluna

Coulman, Valerie
Cuando los cerdos vuelen - 1a ed. - Buenos Aires: Unaluna, 2006.
32 p.: il.; 27x21 cm.
ISBN 987-1296-04-5
1. Literatura Infantil y Juvenil Canadiense. I. Título
CDD 813.9282

Título Original: When Pigs Fly

Traducción: Stella Maris Rozas

ISBN: 987-1296-04-5
ISBN : 978-987-1296-04-0

Copyright texto © 2001 Valerie Coulman
Copyright ilustraciones © 2001 Rogé Girard
Publicado originalmente por Lobster Press, Montréal, Québec,
Canada.

Copyright © Unaluna, 2006

Distribuidores exclusivos: Editorial Heliasta S.R.L.
Viamonte 1730 – 1er piso (C1055 ABH) Buenos Aires, Argentina
Tel.: (54-11) 4371-5546 – Fax: (54-11) 4375-1659
editorial@heliasta.com.ar – www.heliasta.com.ar

A MI HERMANO PIERRE, QUIEN ME ENSEÑÓ QUE DIBUJAR ES VOLAR.
R.G.

A MI FAMILIA,
QUE NUNCA DUDÓ
QUE LOS CERDOS
PUEDAN VOLAR.
PHIL. 1:3

V.C.

En una llanura cerca de la ciudad
vivía una vaca llamada Ralph.

Ralph quería que su papá le comprara una bicicleta.

—Pero, Ralph —dijo su papá—, las vacas no andan en bicicleta.
—Bueno, no, todavía no —le respondió Ralph.

Ralph le pidió y pidió y pidió a su papá
una bicicleta pero su papá decía

no

y no

y no!

Pero finalmente dijo:
—De acuerdo, Ralph, te compraré
una bicicleta... cuando los cerdos vuelen.

Ralph pensó acerca de ello. Entonces,
un día mientras estaba jugando
con unos amigos, se le ocurrió una idea.
Pero primero tenía que aprender
a volar un helicóptero.

—Ralph, ¿por qué quieres aprender a volar un helicóptero? —le preguntó su amigo Morris—. Las vacas no vuelan.

—Bueno, no, todavía no —dijo Ralph.

Morris parecía confundido.

Ralph le explicó:

—Mi papá me dijo que él me compraría una bicicleta cuando los cerdos vuelen.

—Pero, Ralph —dijo Morris—, los cerdos no vuelan.

—Bueno, no, todavía no —dijo Ralph.

Morris parecía aún más confundido.

Ralph se rió.

—Si aprendo a volar un helicóptero —dijo—
podré llevar a algunos cerdos de paseo.
Entonces tendré mi bicicleta.

—Pero, Ralph —dijo Morris—,
las vacas no andan en bicicleta.

—Bueno, no, todavía no —dijo Ralph.

Al día siguiente Ralph fue al aeropuerto. Allí vio
a una mujer cargando valijas en un avión.
—Discúlpeme —dijo Ralph—, ¿hay alguien aquí
que pueda enseñarme cómo volar un helicóptero?

Millie lo miró un poco sorprendida.

—Umm... Bill puede —dijo ella— pero...
las vacas no vuelan helicópteros.

—Bueno, no, todavía no—dijo Ralph sonriendo.

Ralph fue a ver a Bill.

—¿Por qué quieres aprender a volar
un helicóptero? —le preguntó Bill.

—Cuando aprenda a volar, puedo llevar de
paseo a algunos cerdos —Ralph le explicó—.
Mi papá me dijo que cuando los cerdos vuelen,
yo podré tener una bicicleta.

—Ralph —le dijo Bill—, ¿tú sabes que las vacas
no pueden andar en bicicleta?

—Bueno, no, todavía no—dijo Ralph.

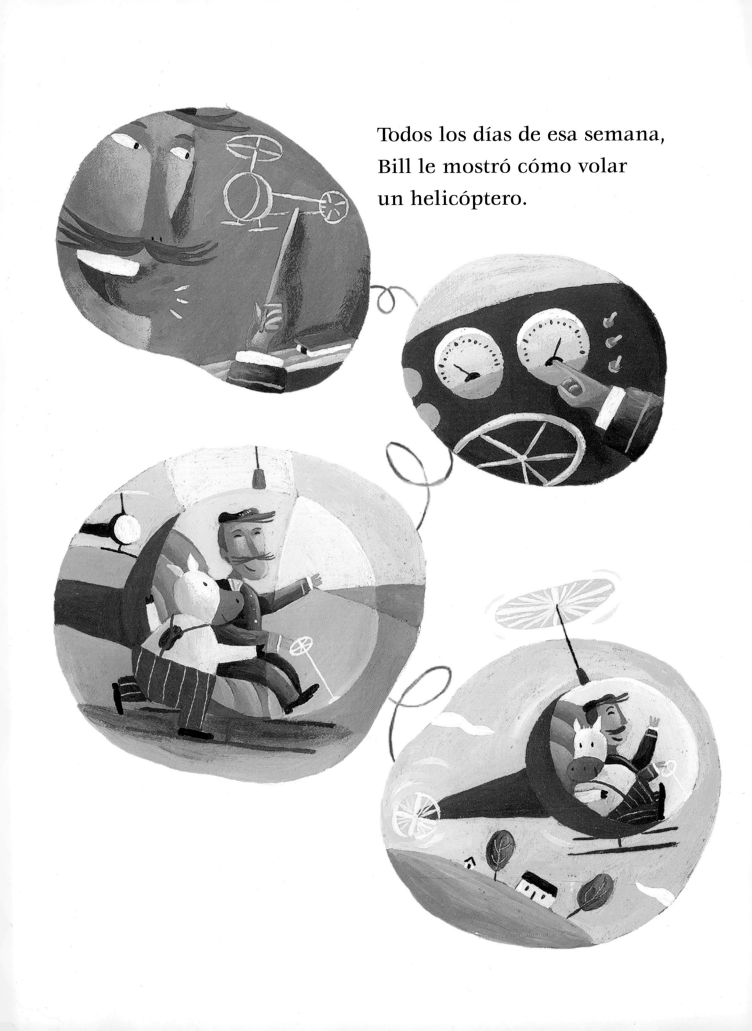

Todos los días de esa semana,
Bill le mostró cómo volar
un helicóptero.

Ralph aprendió a volar para arriba
y para abajo, para adelante y para atrás.
Incluso aprendió a volar en círculos.

Fue una semana muy emocionante para Ralph. Algunas veces fue incluso emocionante para Bill.

Tan pronto como terminaron sus lecciones,
Ralph fue a visitar a sus amigas Julia y Margaret.

—¿Puedo llevarlas a pasear en helicóptero? —les preguntó.

Los ojos de Julia se abrieron mucho. La boca de Margaret
se abrió mucho más.

—Pero, Ralph —le dijeron—, nosotros somos cerdos.
Los cerdos no vuelan.

—Bueno, no, todavía no —contestó Ralph.

A la mañana siguiente Ralph llevó a Julia y a Margaret
a dar un paseo en helicóptero. Los círculos hicieron
marear a Julia y a Margaret le gustó más ir para arriba
que para abajo, pero las dos se divirtieron.

Cuando el helicóptero aterrizó,
Ralph le agradeció a Julia y a Margaret.
—Tengo que regresar a casa —les dijo—.
Mi papá me va a comprar una bicicleta.

—¿Una bicicleta? —dijo Margaret.

Pero Ralph ya se había ido.

—Ralph —Julia corrió tras de él—, las vacas
no andan en bicicleta.

Lograron escuchar su respuesta:

—No, todavía no.